跟著歷史名人去遊歷

不放棄法師 玄奘西遊記

作者——王文華　繪者——久久童畫工作室

作者序

看玄奘如何殺力取經

《西遊記》裡有個唐三藏，遇到妖怪時哭、走太累時哭、徒兒不聽話時哭。唐三藏有這麼愛哭嗎？嘿，或者你應該先問：「歷史上真的有唐三藏嗎？」答案是真的有，他去西天取經，而且，我保證，他不愛哭！

玄奘，俗名陳褘，出生在西元六百零二年的隋朝。十三歲時，就立志要讓更多人知道佛的道理。在那個年代，當和尚是要考試的。沒想到，僅十三歲的他，只用了「遠紹如來，近光遺法」八個字就獲得了主考官的賞識，讓他脫穎而出，光榮剃度為僧，這八個字也是三藏法師一生的寫照，他要繼承如來的理想，明白從印度來的佛法，並且讓更多人信佛。

二十七歲的玄奘從長安出發，歷經無數考驗，成功走到印度的那爛陀寺學習佛法，更成為那爛陀寺最厲害的十位僧人之一。學成後，便帶著弟子開始翻譯佛經。他清楚自己想做什麼，更有實踐的行動力，即使遇到生死關頭，他也不輕易放棄，最後實現夢想。

玄奘去世後，他的遺骨曾在中國、日本被供奉，八年抗戰後也來到臺灣，安放在南投日月潭的玄光寺中，後來移至新蓋的玄奘寺。至今，遊日月潭時，我總會帶孩子由玄光寺走到玄奘寺，讓他們瞻仰聖人的風範。除了能在玄光寺外看看取經的路線圖，也可以上玄奘寺三樓，向法師的頭頂舍利鞠個躬。

或許歷史上的玄奘獨自取經太寂寞，所以明朝的吳承恩在《西遊記》中幫他加了猴子、豬與河童結伴。讀這本書，學三藏法師的毅力，若到日月潭，也別忘了去看三藏法師，相信他會很歡喜的！

目次

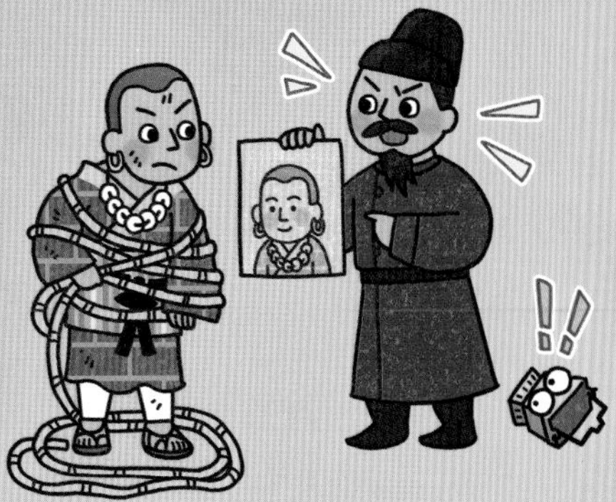

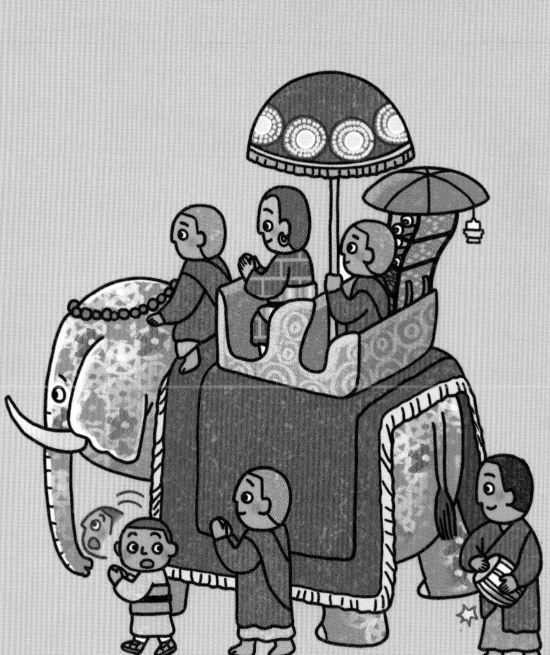

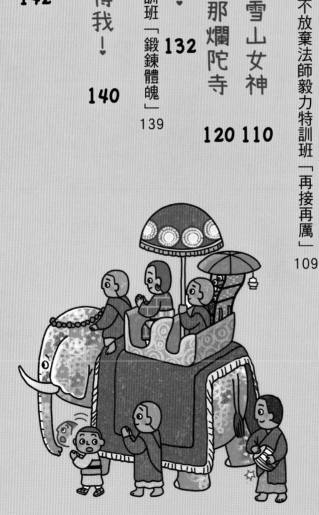

人物介紹

玄奘（陳禕）

十三歲就通過考試成為和尚。他常常困惑佛教經典的意思，決定前往佛教的故鄉天竺找答案。路途遙遠又危險，很多人都勸他回頭，不過他仍義無反顧的前進。

小董

特級古物研究院的新進研究員。在某個停電的夜晚，順手點燃油燈長明，發現在閃爍的火舌中，藏著距今一千四百年多年前玄奘帶著它西行取經的故事。

油燈長明

唐朝長安城宣義坊普照燈鋪出品，本來是定靜寺菩薩的座前燈，後來陪著玄奘去西天取經。有好多話想說，可惜只能不停的閃爍火光表達心情。

戒賢法師

佛教的起源地及最高學府——天竺那爛陀寺的高僧。出身王族，且通曉佛法經論，德高望重。雖然年紀大，但身體相當硬朗、精神奕奕，每天都在寺院講授深奧的佛法。

高昌王（麴文泰）

他用最隆重氣派的排場招待旅途中的玄奘法師，並希望他可以留在自己的國家講經，但是玄奘法師卻想要繼續往前走，想法不同該怎麼辦呢？

一千四百多年前，從中國到印度並不是件容易的事，沒有飛機、海路不發達，唐朝又與周遭遊牧民族的關係緊張，路途必經沙漠、雪山等凶險的地形，但玄奘這個不放棄的法師從不氣餒，還善待遇到的人們，最終抵達印度並學成歸國。這趟取經之旅有多精采？一起來看看吧！

故事是
這樣開始的……

楔子：特級古物研究院的怪事

啪的一聲，停電了，四周一片黑。

新來的研究員小董搖搖頭，「特級古物研究院，竟然沒有緊急照明？」

她生氣，因為她正在做研究，這下子……

抽屜裡有個手電筒，找電池時，摸到最裡頭的老油燈。

那盞老油燈放在那裡很久了，灰撲撲的，沾滿了油漬，說是有個參加沙漠遊學團的孩子，在玉門關外一個沙丘撿到的，院長把油燈交給她，說：「看看到底是什麼，如果是什麼近代工藝仿製品，就直接銷毀了吧！」

小董只做了幾天研究，後來又來了個元朝花瓶，她轉而研究花瓶，順手扔進抽屜裡，直到今天。

既然沒電，她又拉開抽屜，「那就是你了！」

之前做研究，已經倒了油，打火機一點，火光瞬間溫潤的照亮研究室。

溫暖、明亮，而且有種說不出來的奇異感。是什麼？

好像火光會說話，輕輕的亮亮的，她揉揉眼睛，感覺進入一段古老年代，有風有沙有明晃的陽光，也有酷寒的冰雪。

她彷彿還聽見了頌經的聲音，一字一句，穿透光影，魔幻至極。

那個無電的夜晚，小董就坐在室內，盯著牆面，火光與黑影交織成了一串又一串，由遠古至今日，她無法理解的字符、聲源與影像，但它們是那麼好看又神奇。

第二天，電來了，小董的同事發現，這個小姑娘在研究室裡呆坐一晚，什麼話也不跟

人說，抱著光譜分析儀、X分層掃瞄機……一天又一天，一週又一週，她的研究室黑乎乎的，只點一盞小油燈。

「你到底怎麼了？」院長幾乎要把她送去醫院檢查那天，小董笑了。

「油燈會說話！」她說。

「果然是瘋了。」院長嘆口氣，正要拿起電話，小董按住他，並指著她電腦裡的文件，「我用光影解讀機，按照火舌跳動的規律，那其實像摩斯密碼，只要懂規律，就可以知道它在說什麼。」

院長打電話了，他皺緊眉頭，激動吶喊：「油燈不會說話！」

「真的！它說它叫做長明，曾經陪玄奘法師去西天取經。」

「那是《西遊記》，它也不是孫悟空。」

「我知道，它只是一盞名叫長明的小油燈。」小董把文件叫出來，那是她費時三個月的研究成果，影印出來的厚度，簡直就是一本書。

興趣是培養毅力的第一步。像我從小就對佛法充滿了興趣。
我發現，成功的人，或許不喜歡工作的某些方面……
像悟空就討厭念經。
佛祖和菩薩都是我的好朋友，我還念什麼經？
像八戒不喜歡走路。
師父，咱們乘雲不是會快一點嗎？
像悟淨會覺得牽馬很煩。
但是他們在取經的路上，找到了興趣。
老孫好愛取經打妖怪！

油燈長明的自白

我是唐朝的小油燈，跟著玄奘法師去西天取經。

玄奘，也有人叫他唐三藏，他取經回來了嗎？

如果他回來了，記得告訴我！

本油燈，名叫長明，長安城宣義坊普照燈鋪出品，古法銅製，本來是定靜寺菩薩座前燈。

玄奘法師在長安時，天天來寺裡念經。

他常常念著念著，突然停下來，喃喃自語道：「佛經裡，怎麼有這麼奇怪的翻譯？」

玄奘法師常常跟慧方大師討論，這個字怎麼樣，那個詞怎麼樣，為什麼這麼多地方都怪怪的。

「你該去天竺，那

是佛教發源地。」慧方大師說這話時，我恰好沒打瞌睡。

「本有此意，聽您一說，更該前去。」我在佛前，聽玄奘法師說得好像早有定見，慧方大師的話，讓他更躍躍欲試。

西天路十萬八千里，豈是說走就能走？

而且，還常聽到進寺裡祈福的信眾說，大唐剛建國，情勢不定，北方突厥人虎視眈眈，為了防備敵人進攻，朝廷下了命令，沒有得到允許，誰也不准出城。

這些事，跟我沒關係，我是小油燈，靜坐菩薩前，燃放小小的光明。

後來的事我也知道，玄奘法師常找慧方大師商量，他說已經跟幾個僧人約好，聯名寫信給朝廷，期望皇上開恩，讓他們前往西方的天竺帶回佛經，這麼重要的信，連慧方大師都簽了名的。

可惜，皇上還是不同意。

僧人們打了退堂鼓，這件事，應該會不了了之。

沒想到，玄奘法師執意去天竺，就留在長安，等待機會。

或許，一切命中注定。

這年一場霜災，長安城裡裡外外的農作物遭了殃，百姓粒米未收，城裡鬧饑荒。

愛民如子的皇上，終於下命令：長安大開城門，方便百姓

逃荒，哪裡有生路，就上哪裡去。

「大師，趁此良機，小僧即刻出發去天竺。」玄奘法師跟慧方大師說。

「誰與你同行呢？」

玄奘法師搖了搖頭，他孤身一人去西天。

慧方大師順手一指，指著我：「我年紀大了，沒辦法陪你去西天，就讓這盞燈，伴你同行，幫你照亮長路黑暗，為你驅走邪魔外道。」

奇怪的事發生了。

大師沒指著我之前，我自顧自放光明。

大師指著我之後，我竟然眼睛亮晶晶！

慧方大師年紀大，仍硬朗；玄奘法師年輕力壯，相貌堂堂。

我像剛出生的娃娃，玄奘法師把我掛在行李架上，在一個特別寒涼的清晨，出發！

搖搖晃晃。這是我頭一回打量四周啊！

定靜寺裡，僧眾多，寺裡建築宏偉，槐花種滿院落。

告別眾人，走在長安街上。滿街的駱駝商隊、挑擔農人、趕車旅客、進京遊子。每樣事物我都覺得有趣，什麼東西都想看個分明。

可惜玄奘法師連停也不停，

邁著大步，經過幾個街坊，連馬車也不僱，自己一個人，跟著逃難的百姓，從金光門走出長安城，守城士兵因為接到命令，由著我們一路西行。

白天，我靜靜觀察，往西方行走的路上，越走越荒涼。成群的災民在我們身旁，玄奘法師是好和尚，很多人施捨給他的食物，他大多轉送給難民，整天不停的趕路又趕路，我身上布滿灰塵，他也沒空幫我擦一擦。

晚上，我被點亮了，照亮四周的黑暗，我們住的地方，有時是空房子，有時是破廟，有時有寺院可以借住一宿，但更多時候，就是荒郊野外、無人的荒村。

玄奘法師正翻閱經書。我靜靜趕走漆黑，替他照亮經書上的字句。

那是最安詳的時刻，天地都不見了，就只剩下我們兩個。

好像從那時開始，他會跟我講話。

「佛是什麼？」

「人能變成佛嗎？」

「你說，能不能？」他越問越激動。

「你問我嗎？」我說不出口，畢竟我，真、的、是、一、盞、燈。

消息不知道為什麼傳得這麼快，好多人都知道他要去西天取經。

他們說十三歲的玄奘法師，被皇帝破格錄取剃度。

「當和尚也要考試？」有人問。

「全國才錄取十四個人。」這話一說，全部的人都露出佩服的眼光。

「玄奘法師為什麼要去取經啊？」也有人問。

立刻有人代答：「法師用七年的時間，走遍中土大地，研究佛教典籍，訪問佛門高僧，試圖讀懂佛法，然而佛法中的疑惑太多，他知道西天有座那爛陀寺，那裡有個戒賢高僧，通曉佛法經論，可以為他說明佛法的真諦。」

「原來是這樣啊！」眾人說。

「原來是這樣啊！」我也懂了，難怪玄奘法師常常在自言自語。

走了一個月，到了涼州。涼州不涼，天氣很熱，聽人說，前方的瓜州更熱。出了瓜州，是什麼絲綢之路，幾百年前，有個名叫張騫的人走通了，從那裡可以去西天，只是要經過無垠的沙漠，還有連鳥都飛不過的高山。

涼州城裡，一個賣麵的伙計問：「大師，您獨自一人，怎麼去得成啊？」

玄奘法師說：「可以的，一心向佛，終有成功之日。」

「還有我啊！」我大叫，當然，他聽不到。

涼州是前線，士兵嚴肅，守城將軍特別凶，他還說：「沒有皇上命令，誰也別想出涼州，敢私自出關者，一律當成通敵要犯。」

唉呀！糟了，糟了，我擔心哪！玄奘法師沒有出關命令，他就是一個跟著難民出來的和尚啊！

玄奘法師一邊給僧人、百姓講經，一邊等待機會。消息一傳十，十傳百，沒多久，涼州城的將軍當然也都知道啦！

僧人們憂心忡忡，「再不走，您就要被遣返長安了！」

「這可不行。」我用火光，在夜晚向玄奘法師傳達訊息。

「還是走吧！」玄奘法師下定決心，兩個僧人帶著我們從小路出城，白天休息晚上趕路，走到瓜州。

瓜州是大唐的邊境，到了這裡，僧人必須回去了，過了這裡，又剩下我和玄奘法師了。

「我該怎麼辦？」他自問自答：「我絕對不會回去的。」

瓜州城，白天、晚上都有士兵把守，這座城，不讓敵人進城，也不讓偷渡的人出去。

玄奘法師對著我嘆了口氣，「這下子插翅難飛，我們究竟要怎麼出關？」

火光中，玄奘法師的影子，小小的。

我通常都很早就睡了。
這我們可以作證。
而且為了念經，我通常很早就起床準備了。
這我們可以作證。
想要早起的唯一辦法，就是早睡。
這很簡單，卻也很難做到。
哈～
ZZZ
師父，你一步棋想三個時辰，你再不下，天都亮了。

弟子石磐陀

「站住！」

橫眉豎眼的瓜州士兵，持刀攔住我們。

「哪裡來的和尚？」一個隊長模樣的人說：

「有沒有通關文件？」

「這個……」

玄奘法師一遲疑，士兵們立刻抓著他，動手搜行李，連我都被人扯到地上。

哐啷哐啷——我滾到路邊，滾得我頭昏

眼花，腰痠背痛。

士兵大聲斥責，玄奘法師被人綁起來，他們嚷嚷說要把他帶去給太守。

在他要被帶走時，有人喊了聲住手。

「李大人！」士兵們齊聲大喊。

李大人留小鬍子，

嘖了聲，「你們這些粗人，怎能如此對待大師？」

「大師？」士兵們的態度和緩些了。

李大人親手幫玄奘法師鬆綁，「大師受邀前來瓜州講經，你們卻如此無禮，不怕被長官責罵？」

一聽長官，士兵們又退了一步。

李大人問玄奘法師：「大師沒事吧？」

「沒事，沒事。」

帶隊的軍官說：「守備張將軍交代……」

「張將軍交代你們嚴加巡邏，莫讓突厥探子溜進城，大師像突厥人？」

軍官急忙搖著手，「不像，不像！」

「我剛才看前面大街，幾個商販形跡可疑，好像……」

「快追！」軍官大概怕被責罵，急忙帶著手下走了。

等到這群士兵走出大街，李大人這才朝著玄奘法師作了個揖，「大師受驚了！」

玄奘法師說：「我……我只是個和尚。」

「卻不是個普通的和尚！」李大人拿出一張通緝令，「涼州城送來的加急密件，要捉拿擅自西行的僧人玄奘！」

看吧！看吧！官員都知道了，我們還能到哪裡去？

「若是張將軍發現了，法師會被唐律處罰，依在下之見，還是回長安吧！」

「回長安？貧僧曾立下志願，不取回經書，誓不東歸。」

李大人拉著他，「那跟我去找張將軍？」

法師一點也不怕，「我會跟將軍說明白。」

「果然志向堅定，小的只是試探大師決心，在下瓜

州李昌，素來崇信佛法。」李昌隨手將通緝令撕掉，「法師，瓜州不宜久留，還是早做西行打算。」

「離開瓜州？」

「越快越好。」

李昌幫玄奘法師把行李拾起，兩人越走越遠。

「啊……啊……我呢？我還在地上啊！」

我嚇得大叫，幸好，玄奘法師又走了回來，慎重的把我掛回行李上，「差點忘了燈兄。」

燈兄？他叫我燈兄？我樂得想大吼大叫。

可惜，一盞小油燈，說不出話，只能靜放光明。回到借宿的寺院，聽玄奘法師向佛祖祈求：「請協助弟子找到方法出瓜州。」

瓜州城裡，重兵把守，飛鳥難渡，一個和尚一盞油燈，怎麼出瓜州？

而且，臨時抱佛腳，有用嗎？

依我這盞燈的看法，我們還不如回長安，找間大廟，安安心心，等著當住持。

玄奘法師聽不到我的想法，他沒事就在瓜州城裡繞，希望找到人，帶他出瓜州。

該找誰呢？

該找誰呢？

突然，後頭一陣聲響，有人跟蹤。

玄奘法師快，他也快；玄奘法師慢，他也慢。

小偷？強盜？

如果是賊人也太笨了，玄奘法師是個僧人，身上的錢全都送窮人，最值錢的大概就是我這盞油燈了。

嗯？我這盞油燈？

唉呀！那可不行，我嚇得大叫，可是不管我怎麼叫，也就是油芯亮了一點。

快跑啊！我吶喊，後頭腳步聲越來越近，聲聲呼喚著：「師父！師父！」

會喊師父的人，應該不會是壞人吧？

玄奘法師停下腳步，在我的燈光下，那人跪在地上。矮矮的、黑黑的、高鼻子、深眼窩，是個胡人。

「聽說師父是長安來的大師，

不知師父能否為弟子剃度，讓弟子離佛祖更近一步？」

「你為什麼想受戒？」玄奘法師問。

「弟子石槃陀，在瓜州經商，經常在絲路上來往，這條路賺錢容易，但盜匪也多，遇上沙漠風暴，生命更是朝不保夕，若得佛祖保佑，必能逢凶化吉。」

「這麼說來，你常出關做生意？」

石槃陀點點頭，「這條路沒人比我熟。」

玄奘法師扶起他，「佛門廣開，專候有緣人。」

「師父答應了？」

玄奘法師微笑著，石磐陀開心的磕了頭，我也看到玄奘法師的笑容裡，多了一絲安心呢！

有了石槃陀，我們出關有嚮導了。他長年在絲路上行走，別說出瓜州，就算在沙漠中也不會迷路。

石槃陀建議，先買馬，「光靠兩條腿，走不出沙漠。」

玉門關的市集上，有個賣馬的老馬，聽說我們要去西天，他勸玄奘法師：「商販都是成群結隊，互相有個照應，師父只帶一個徒弟……」

「還有我！」我大叫，他們聽不見。法師說：「貧僧心意已定，即使命喪途中，也不後悔。」

老馬嘆了口氣，「師父執意如此，請聽我的勸告，買匹老馬吧！牠能救命。」

那匹老馬，毛色黯淡無光，瘦巴巴的，看起來簡直連站都快站不住了。

「呆子才買這匹馬。」我拚命搖曳著燈火提醒玄奘法師，老馬欺負他沒走過沙漠，想把賣不出去的馬推銷掉。

「謝謝大德良言。」

玄奘法師花高價，向老馬買老馬，跟著石槃陀，選個夜黑風高的晚上，悄悄從城下小路，出了玉門關。

無邊無際的沙漠，白天實在太熱，只能趁清晨和黃昏盡量趕路。

石槃陀出了沙漠，剛開始還很殷勤，但走著走著，他好像後悔了，

「出來走這一趟，我的生意怎麼辦？」

「這種沒人煙的地方，死了都沒人知道呢！」

他喃喃自語的，本來在前面帶路，但帶著帶著，他就催著

馬，跟在玄奘法師旁邊說了又說：「大唐的律法嚴厲，偷越國境的人是要被處死的。」

玄奘法師安撫他，「有佛祖保佑，我們會平安的。」

「只有烽火臺下才有水源。」休息的時候，石槃陀又猶豫起來了，「烽火臺都有士兵看守，被他們發現……」

「我們晚上去取水啊！」

「驚動士兵，亂箭射來，哪裡還有性命啊！師父，咱們回去吧！」

「既然出了玉門關，豈能回去。」

石槃陀一聽，跪到地上，「師父，回去吧！」

「想回去，你自便，我是絕對不會回去的。」

「你要是被抓到了，一定會供出是我帶你出關的，這會牽連到我。」石槃陀抽出刀來，「只有殺了你，祕密才不會洩露出去。」

殺人啦！

殺人啦！

我拚命的大叫，不斷搖曳著火光，可是小油燈沒聲音，而且這裡是沙漠，誰能來幫忙？

這麼緊張的時候，玄奘法師卻朝著西方，打坐念經，彷彿什麼事也沒發生。

月光明亮亮，淒厲倉皇的石槃陀，對照著安詳如佛的玄奘法師。

「師父……」石槃陀將刀一拋，跪在地上。

「阿彌陀佛！」

玄奘法師說時，天亮了，「你安心回去吧！我被抓到，也不會供出你的！」

八百里莫賀延磧

「你……你別讓他走啊！」我提醒玄奘法師，但是，石槃陀騎著年輕力壯的白馬，消失在沙漠的地平線。

「你好歹……好歹也要求跟他換馬啊！」

我說，我說，我不斷的說。怎麼可以讓識路的嚮導，騎走身強體健的好馬？

好吧！石槃陀真的走了。

我問：「我們現在該怎麼辦？」

「不怎麼辦，往前走就對了。」

「你……你聽得到我說話？」

我再問一次：「你真的聽得到我說話？」

「有佛祖保佑，弟子一定能平安完成使命。」

「你到底有沒有聽到我說話？」

「前面，前面有士兵？」玄奘法師根本聽不見我說話嘛！

他看見大隊士兵，舉著旗幟，浩浩蕩蕩朝我們而來，他連忙拉著老馬，躲在胡楊樹下。

等了很久很久很久，又等了很久很久很久。

那些士兵……根本就是海市蜃樓嘛！

後來，我們常發現海市蜃樓。

有時是綠洲。

有時是城市。

還有個市場，人好多好多，但是不管怎麼走，永遠也接近不了。

不久，沙漠中，出現了一座高高的臺子。

它不是幻影，因為它越來越高大。

「那裡就是烽火臺了，若有敵人侵犯，士兵們就會點燃煙火，用來傳遞軍情，有烽火臺的地方就有水源，不然士

兵怎麼待得住？」

玄奘法師又在喃喃自語：「今天晚上再去取水，士兵才不會發現。」

「一定要小心。」

他拉著馬，躲到沙丘陰涼處，「才能平安無事。」

月亮出來後，氣溫驟然降低，玄奘法師等到半夜，這才悄悄過去拿水。

無聲無息。

悄悄接近。

「誰？」烽火臺上的士兵還是發現了，

「什麼人在底下？」

士兵喝斥著，還有幾個奔下烽火臺。

玄奘法師急忙出聲：「小僧來自長安，要去西天。」

「西天？且住，」烽火臺上渾厚的聲音，制住眾人，「請過來見見！」

士兵們舉著火把，照在我們身上。

我嚇得……不！我沒發抖，是玄奘法師的行李在抖。

抖抖抖，抖抖抖。

士兵把我們帶進烽火臺。

剛才說話的是校尉王祥，這人長得又高又壯，「師父，這麼晚了要去哪裡？」

這麼有禮貌的軍官，原來也是信佛的人，一聽玄奘法師要去西天取經，他搖頭，「天竺遙遠，沙漠危險，我們看守這裡是守土有責，你何必吃這個苦？」

「我出發前即已向佛祖立下誓言，你要抓要罰請便，但玄奘絕不東移一步。」

「大師決心西行，我怎能留您，只是此去一路艱險，多多保重！」

王祥為玄奘法師準備飲水和糧食，還告訴他，第四座烽火臺的校尉也信佛，「他是我的親戚，提我的名字就對了。」

「阿彌陀佛！」

照著王祥的指示，我們又走了幾天，來到第四座烽火臺，玄奘法師不敢大意，天黑後才去取水。

咻！咻！咻！

凌空射來數箭，烽火臺的士兵們很盡責，把我們都押去找守將。

守將王伯隴，看玄奘是和尚，一問原來有王祥的指點。

「您別擔心，我這裡有食物、有飲水，只是再往前走，第五座烽火臺守得嚴，您拐過去，一百多里外，有個野馬泉，那裡可取水。」

「謝謝將軍指示。」

王伯隴慎重的說：「大師，野馬泉藏身在古老的莫賀延磧中，那是八百里的無人沙漠，處處是流沙，稍一不慎，就會埋屍黃沙。」

又有流沙，又是無人沙漠……

「那我們不去了……」我用火光說出心裡的想法。

「那我們出發了，謝謝諸位大德。」

玄奘法師告別眾人，帶著我，牽著老馬，走進莫賀延磧。

那是一片渺無人煙的沙漠，玄奘法師一邊向前走，一邊念誦《般若波羅蜜多心經》。

白天，狂風湧起漫天塵沙，我被酷熱的溫度烤得快乾了。

玄奘法師騎在馬上，默默念經，一步步前行。

晚上，四下只有風聲，有時呼呼大作，有時像誰在低聲說話，偶爾沙地上屍骨發出來的鬼火，忽上忽下、忽明忽滅，有如天上的繁星。

「回去吧！」我的火光，在溫柔的勸他。

「觀自在菩薩，行深般若波羅蜜多時，照見五蘊皆空，度一切苦厄……」

他自顧自的念經，只是聲音越來越小，小到我都快聽不見了。

白天，黑夜，白天，黑夜。

走走，停停，越走越慢。

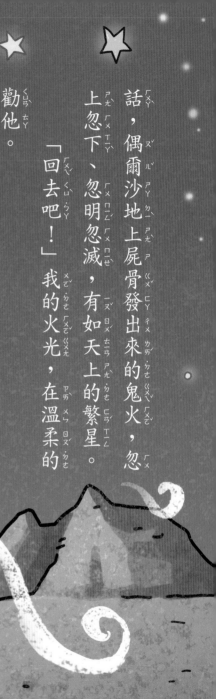

咚的一聲，有什麼掉下去了。

「東西掉下去了！」我大叫。

「你有什麼東西掉下去了！」我繼續大叫。

玄奘法師又走了好久，終於停下馬，慢慢的回頭，突然像是驚醒般，「水……我的水囊。」

他急急忙忙回頭，跳下馬，飛奔著把水囊拿起來，但珍貴的水，已經一滴不剩，全滲進沙漠裡了。

走了這麼久，卻把水打翻了。

繼續往前走，也不知道野馬泉還有多久才會到。

「回去！」我下命令。

玄奘法師一定是聽見我的話，掉轉馬頭，「先回去找王大人，取水後再往西天。」

「你不覺得回長安更好嗎？」我繼續勸他。

他好像聽見我的勸告，催著老馬，希望牠走快點。

走了十多里，玄奘法師把馬拉住。

「你怎麼又停下來了？」我問。

「我曾許下誓言，若不抵達天竺，絕不東歸一步，怎麼能就這樣回去呢？」

「這個呆子，你沒水了啊！」我拚命的大叫。

玄奘法師不知道一盞油燈的苦心，水壺裡連一滴水都沒有了，卻拚死往西走……

「呆子，呆子。」

「你是呆子！」我大叫的時候，天邊吹起了狂風，黃沙遮蔽太陽，風停後，我的肚子裡裝滿了沙，等玄奘法師站起來，他根本不知道自己在什麼地方。

沒水、沒糧食，現在，還找不到路。

玄奘法師在沙漠裡，催著老馬往這邊走走，又催著老馬往那邊走走，走了五天四夜，我是油燈，不用吃東西，他是人，連水都沒有……

「你回去吧……」我求他。

「觀自在菩薩，行深般若波羅蜜多時……」他支撐不住，咚的一聲，從馬上掉下來。

咚的一聲，我也從他的行李上掉落，哐啷哐啷，滾得很遠很遠，老馬跑了。

「玄奘法師！」我叫。

「法師！」我再叫。

「呆子。」我氣得破口大罵：「你把我撿起來啊！」

他聽不到，動也不動。

死定了，死定了，他就要死在沙漠裡了，而我……

我會被埋進沙裡……

太陽晒得我渾身發燙，玄奘法師還是動也不動。

天黑後，我被凍醒了，風就像水一樣涼爽，我聽見一聲呻吟，是玄奘法師。

咦？老馬不知道什麼時候跑回來了，牠舔著玄奘法師，拖著他往前走。

「你要被馬拖去西天呀？」

這種場景真是太好笑了，更好笑的是玄奘法師經過我身邊，還順手抓著我。

老馬帶我們爬上坡，那裡有個水塘。這匹老馬竟然知道回來找主人，還知道這裡有水。

「我小看你了，老馬。」我望了牠一眼，再警告牠：「你別舔我，我是油燈，不是草！」

每天，每天，想辦法把事情做得比前一天好。
只要把事情做到像喝水一樣自然，你就會有毅力了。
呼！呼！
昨天走路。
前天走路。
明天……
還是走路。
我光是走路卻沒水喝，怎麼會練成像喝水一樣自然啦！
呃……

高昌國王

走出八百里莫賀延磧，我們馬不停蹄趕路，我被晃得昏昏欲睡。

這匹老馬脾氣大，愛走不走的，要不是念在牠找到水源，我就……我就……

「吁！」老馬叫了一聲，像是在問：「你就怎樣啊？」

「我不怎樣，啊！前面有城！」無垠的沙地，出現一座城。

「該不會又是海市蜃樓吧？」我問。

老馬又吁了一聲，抬頭挺胸，走近那座城。

那真是一座城，第一道清晨的曙光，落在城門上。

城樓閃耀金光，城牆高聳直立，城門大開，金盔鐵甲的士兵，白袍黑帽的官員，加上無數的僧眾、百姓夾道站立，像在等著……

「玄奘法師！」、「玄奘法師！」

這些人狂呼著，並朝我們跑來，樂隊演奏，傳出典雅的音樂，有鑼，有鼓，有琵琶。很熱鬧！

玄奘法師被請上富麗堂皇的轎子，我和行李被人恭恭敬敬的提著，「法師的行李，好生看管！」

「是是是！」幾個丫頭把我們抬進皇宮，恭恭敬敬的放進一個小屋。

這裡大概就是玄奘法師之後住的地方吧！

屋子很寬敞，收拾得很乾淨，連行李都有自己的架子。

我就在架子上，望著窗外的牆。

牆，高高低低的牆，偶爾有鳥，大大小小的鳥，只有風，還是熱呼呼的。

每天趕路的行程突然空下來了。

我的時間變多了，皇宮裡的燈，把晚上照得像白天似的。

「小油燈就好好休息吧！」好像哪盞燈在說。

玄奘法師很忙，高昌國的國王請他吃飯，帶他禮佛，聽他講經說法，不同寺院的僧人們來看他，眾多官員請他去家裡坐

坐，為家裡添點佛的光芒。

「貧僧想去西天求法。」不止一次，玄奘法師跟他們提出要求。「大師留在高昌吧！我們更需要您啊！」聽到他話的人總這麼說，然後他又被請走了，這回是高昌王的母親想聽經。日子很長，我看著日光，從窗戶透進來，慢慢照亮屋子，然後又慢慢溜走，屋子又暗了，我知道，又一天過去了。

只有那隻大頭鳥，終日在牆邊笑我，「呆燈，呆燈。」

「你是呆鳥。」我對牠抗議，大頭鳥搖搖頭，拍拍翅膀飛走了。

我懷念在沙漠裡的日子，很辛苦，很累，也只有玄奘法師和那匹老馬，但是，我好像活著，風吹日晒也沒什麼不好啊！

一直一直向前走。

那是多開心的日子啊！

都是這個國王。

高昌國王很強勢，我記得走出莫賀延磧，死裡逃生後走進的國家是伊吾。伊吾是小國，佛寺也是小小的，有個老和尚也來自大唐，他聽說玄奘法師從長安來，連鞋都來不及穿就衝過來，抱著玄奘法師又哭又笑的。

玄奘法師本來想在伊吾休息幾天，畢竟能活著走出莫賀延磧，實在太辛苦了。不過高昌國的國王派人帶來消息，要求伊吾國王：「盡快把法師送來。」

小小的伊吾，不敢反抗高昌，三更半夜就讓我們走，我們才會又連趕七天的路到高昌。於是，我就只能待在高昌，盯著日光，由短變長，再由長變短。

「什麼時候才能再上路呢？」

有時想想，即使坐在那匹壞脾氣的老馬上，日子也比在這裡好。

玄奘法師應該也想趕快走，但高昌國王不答應，他還來這屋裡，跟玄奘法師說：「自從您來了之後，我日日歡喜，整天手舞足蹈，您留在高昌，讓弟子供養您，我一定讓全國的人，都變成您的弟子，您就不用去西天啦！」

「不去西天？」玄奘法師問：「我留在這裡能做什麼？」

「高昌國有佛寺三百多座，僧侶三千多人，您在這裡可以講經說法，如果想還俗，我可以讓您當宰相。」

「我此行並不是為了供養而來，我是想取經回去，把經書中未解的疑惑，去西方尋求釋疑，並帶回大唐。請國王收回成命，貧僧不勝感激。」

高昌國王哼了一聲，震得我耳朵嗡嗡響。

「法師要不留在高昌國，要不本王就派人送你回大唐，想去西天，不可能！」

「走走走，我寧願向前走。」我用火光表明志向：「總是比一直待在這裡看日光強。」

玄奘法師好像聽見我的話：「貧僧的身體能留在這裡，但去西天的決心，卻不是您能留住的。」

「法師不聽勸告，只能把你遣返大唐。」

玄奘法師聽了，不再說話，高昌國王氣得拂袖而去。

那之後，玄奘法師就不吃東西了。他絕食，打坐念經。

高昌王看玄奘法師這樣，也很生氣啊！伊吾的國王，一見他的書信，立刻派人送法師來。侍衛聽見國王的腳步，個個變得跟木頭人似的，動也不敢動。

只有玄奘法師不但不聽話，連飯也不吃，高昌國王一開始很生氣，後來卻怕他餓壞了身子，天天和王后捧著食物來。

「法師請用餐！」

「國王答應讓貧僧西行取經？」玄奘法師堅持。

「大師留在高昌更好。」國王也堅持。

玄奘法師的身體，一天比一天虛弱，高昌國王派大夫來看他，後來自己來看他，最後帶著王后和母親來探望他。

然後，國王就投降了，「大師安心去天竺取經吧！」

奄奄一息的玄奘法師不放心，「貧僧不信！請王上指著太陽發誓。」

「發誓？」

玄奘法師點點頭。

「我在您面前指著太陽發誓嗎？」高昌國王突發奇想，「不不不，我們到佛祖面前結拜為兄弟，行不行？」「當然可以啊！」這是我的想法。

國王和玄奘法師結義的情形我沒看到，但大頭鳥告訴我，國王和法師約好了，高昌王全力支持玄奘法師取經；而玄奘法師取經歸來後，留在高昌國三年，為民講經，為國祈福。

這些我都是聽大頭鳥說的，牠很會打聽八卦。

但是，國王寫信時我有看到，因為他就在這間屋裡，點起我頭上的燈芯，我用最大的光輝照著國王，他在紙上寫信給突厥的可汗，「玄奘法師是我的兄弟，希望可汗能夠像關照我一樣的關照法師，賜給我兄弟馬匹、食物，並且護送他出境。」

這樣的信，一連寫了二十四封，那是往西天路上的二十四位國王，「請各位善待我的兄弟。」

到高昌國之前，玄奘法師孤身一人；而到高昌國之後，他多了一位好兄弟。

分手的時候，法師緊握著國王的手，「貧僧自幼父母雙亡，只能到佛門修行，這二十幾年以來，以四海為家，不曾有這種兄弟之情。」

法師哭了，國王也哭了，討厭的是，我也有點想哭。

但我只是一盞油燈，怎麼哭啊？

凌山上有暴龍

我在玄奘法師的行李上，搖搖晃晃。

前面有雪山，名叫凌山。

但我們的隊伍龐大：高昌王派來的御史歡信、四名少年僧人、三十幾名手力和士兵，還有長長的馬隊。

以我一盞燈的眼光來看，

這麼多人，去完西天再去東天也沒問題的。

嚮導哈倫交代大家，把衣服全穿上，每個「人」都穿得像小熊，只有我沒衣服，「你們就不能拿塊布，幫我包一下嗎？我的頭像冰一樣冷。」

我的抗議，沒人聽得見，我也被風吹得上上下下。

越往上，山勢越陡，

樹木漸漸稀疏，然後消失了，等著我們的是座陡峭的冰崖，繞不過去，只能爬。

哈倫取出刀，在冰上鑿坑，往上兩尺再砸個坑。手力和士兵上前幫忙，硬是在冰壁上鑿出一級級冰階。

玄奘法師跟著大家，把馬連拖帶拉才上了冰崖，崖上風雪更大，颳得人站不住腳，抬不起身。

「這是什麼鬼天氣？」御史歡信拉緊氈袍，「裹再緊也沒有用。」

高昌王讓他照顧玄奘法師，但是來到山上，他好像更需要法師照顧。

「阿彌陀佛，辛苦了。」玄奘法師不斷安慰他。

我在風中晃上天，好久好久落不下來，冰在玄奘法師的腳下啪啪響，有時一腳踩下，人就陷進雪坑裡，得眾人幫忙，才能脫困。

風不斷灌進我的身體裡，我擔心，「油燈會凍死嗎？」

「阿彌陀佛，應該不會。」玄奘法師好像這麼說。

「你怎麼知道不會？」我問時，他忙著在冰雪上架帳篷，打開氈毯，這是今天過夜的地方。

風颳了一整夜，這種地方，怎麼睡得著覺嘛！

我正這麼想時，突然感覺大風颳得疼，我一頭撞在行李上哐哐響。

怎麼回事啊？

好像哪裡怪怪的……

是……

「帳篷被風颳走了！」玄奘法師也醒來了，他想爬起來，身子卻被凍到失去知覺，還好幾個人跑來，將他的手腳放進熱水裡泡，這才能行動。

其他人就沒這麼幸運了。幾匹馬被凍死了，幾個人再也爬不

出雪堆了。

營地裡一團亂，四處傳來抽泣的聲音，玄奘法師拭拭淚，帶著大家將死者埋葬，合掌誦經。

「出發吧！」玄奘法師一說完，大隊繼續往前進。

天氣比昨天更惡劣，狂風夾著雪浪，寒氣很重，他們穿得很厚重，卻擋不住寒意。

「砰」的一聲，一匹馬直接

倒在地上，再也起不來了。

往前走，往前走，風雪這麼大，沒人能張嘴，玄奘法師連經都念不了。

天色更暗了，頭上出現幾點寒星。

「今晚……在這兒……休息吧……」走到背風的地方，玄奘法師吃力的下令，所有人喘著氣，東倒西歪坐一地。

馬匹圍成一圈，中間升起火堆，銅壺煮著雪水，只是今天太累了，多數人捲著氈毯就躺下，昨天風把帳篷吹走了，今晚得露天過夜了。

我被點了起來，小小的火光，照不亮這座山，但我能照亮大家。風整夜就想把我吹熄，但只要我有一口氣在……
清晨，我被吵醒了，四周霧茫茫，聽到一群人圍著我們大喊：「師父！師父！」
「你們……怎麼了？」玄奘法師問。
小和尚悟道著急的說：「師父，弟子還以為，您再也醒不過來了呢！」
玄奘法師勉強的笑著，「這個傻孩子……師父今日走得太累，多睡了一會兒，怎麼會醒不了呢？」
但這一夜，又一個士兵、兩匹馬再也醒不過來了。
這天有太陽，人們臉上有了笑容，另一位小和尚悟清還說了：「天天都有大太陽就好了。」

可惜，不到中午，烏雲聚攏，刺骨寒風夾著大雪，天地一片白茫茫，玄奘法師牽著馬，風一定想把我搶走，我在風裡大叫：「我快飛走了！」

飛走的，是竹篋裡的紙頁，瞬間便沒了影子。

我落下來，沒法子再往前走了，大家把馬拉攏，聚在馬群中間取暖，整晚，玄奘法師不停的念經，冰粒打在我身上，哐哐作響……

風停的時候，已經是清晨了，人們從厚厚的積雪下鑽了出來，又有幾個人喪生在這裡，永遠留在凌山上。

而腳下，走的是冰川，馬隊用長繩串成一串，小心翼翼的從冰河上穿過，馬蹄包了氈布，還是不斷打滑。

「小心，小心。」玄奘法師喊著。

前面的悟道突然一聲驚叫，一腳踩空，落進冰隙裡，玄奘法師身上的繩索猛然繃緊，他也被拖拽到冰隙前，還好，嚮導哈倫反應快，趕來抓住繩索，將他們死命的拉住，並指揮士兵牽馬往後拉，這才把他們拉上來。

凌山還沒放過我們。

剛過冰川，崖頂一塊巨大的冰岩墜落，一匹馬被它擊中，發出一聲淒厲的哀鳴，連著它的主人跌入山谷，行李在風雪中飛散，人們嚇得驚聲尖叫，哈倫急忙要大家噤聲：「小心，別惹暴龍發怒！」來不及了，山頂雷聲隆隆，厚重的冰雪像洪水般朝我們衝過來！

「暴龍來了！」

「暴龍來了！」

玄奘法師想移動，但冰雪的速度更快，我只覺眼前一黑，什麼也看不見了。

「法師。」我大叫：「法師！」

我們一定是被埋在雪裡了，玄奘法師用力想把頭頂的雪推開，但沒用，也不知道過了多久，突然有隻手挖掉雪，把我們拉了出去。

世界一片寂靜，玄奘法師把行李放下，急著去救人，有些人凍傷，身體瑟瑟發抖；有的人昏迷，還需要燒火取暖。

御史歡信本

來奉命要陪著我們去天竺，但他最後也被暴龍帶走了。

那一夜很淒涼，我的燈光，化不開大家臉上的悲傷。

天快亮時，又開始下雪了，玄奘法師跪在地上，虔誠的拜了三拜。

呼嘯的山風，吹起地上的雪粒，撲打在他們的身上。

「走吧！」僅存的人，在灰白的天空下，一步步的走著，他們走得艱難又瀟灑，大雪紛紛揚揚，我的視線模糊，雪塊落下，打在我的身上，哐哐噹噹。

六天之後，玄奘法師的腳下，終於又看見裸露的岩石、泥濘的土地，大片的白色退去，一小塊綠色進入我們眼裡。

有鳥叫，天地不再是一片死寂。

只是來時的人，少了一大半。

大家停下來時，我發現，身後的雪山，像個白衣巨人。

玄奘法師說：「看上去那麼安詳、神聖，誰又能想到，它那麼輕易、殘酷的奪走了十幾個人的生命？」

「啊……啊……」我一時不知道怎麼回答。

「走吧！」玄奘法師喊了聲，邁開腿，往前走，「前面的路還長呢！」

「你不是聽不到我說話嗎？」我問，玄奘法師只念了聲阿彌陀佛。

草原上的大汗

走出凌山後，從高昌來的人都想回去了，他們還勸玄奘法師：「取經沒有生命重要啊！」

玄奘法師讓他們回去，他的身邊只剩下悟清和悟道。

「還有我，堅強的小油燈！」

我大叫著，跟著法師，走進一片大草原。

草原盡頭，有座碎葉城，掌管草原的大汗，他的王帳就在碎葉城裡。

玄奘法師有高昌王的信，他拿著信，走進可汗的王帳。

我是法師行李中最重要的油燈，當然……

當然和兩個徒兒坐在王帳角落。

沒關係，能進王帳開開眼界也很好啊！

可汗的王帳金碧輝煌，篷頂像天空一樣遼闊，幾十盞牛油大燈，像在跟我炫耀似的，照亮整個大帳。

沒什麼了不起，我可是去過凌山，走過大漠的油燈。

「你們有嗎？」我問。牛油大燈呆呆的，沒回答。

大帳裡好多人，貴族、首領、侍衛，正中間就是穿著綠色錦袍的……

「可汗！可汗！可汗！」

山濤海嘯的聲音驟然而起，震得悟道和悟清趴到地上，震得我全身嗡嗡響。

可汗是個略有白髮的勇士，他看過高昌王的信後，笑得好開心。

「遠在山外的高昌王請求，要我好好的照顧你，那當然沒問題！」

可汗走下寶座，「你想去哪裡？」

「天竺！」

「天竺太熱了！」可汗勸他：「秋天比草原的夏天熱，留在碎葉，要什麼有什麼！」

稀奇稀奇真稀奇，玄奘法師是個寶嗎？怎麼國王都想留下他呢？

照我說，留下來也不錯，這裡氣候好。

玄奘法師合十說：「阿彌陀佛，玄奘前往天竺，為了取經求法，任何煎熬都不怕，請可汗不必為玄奘擔心。」

「法師有此意，本王不好強留，但是法師若肯留下來講講經，那就更好了。」

「多謝大汗，」玄奘法師道：「弘揚佛法，原本就是出家人分內之事。」

「好好好，太好了。法師取經需要什麼，只管開口！」

「玄奘取經，只怕迷路，不知道有沒有識路的人能帶我們走一程？」

「那有什麼問題呢！本王的手下們，個個都像狼王一樣識路。」

大汗派了士兵，也派了嚮導。

接下來的路程就輕鬆多了，順利經過赭石國，再往前，穿過沙漠，這一路，要風景沒風景，要人煙沒人煙，幾隻小麻雀跟著，我們沿著阿姆河走，經過一個個小國、城關、堡壘和村落，幸好，可汗派的士兵很盡責，再也不怕攔路的強盜；可汗派的翻譯官阿克多能力很好，什麼地方有特產、什麼地方要注意，他都提前告知。

「前面的活國，是可汗的長子怛度管理。」

法師想起來，「離開高昌前，義兄說過，他的妹妹嫁到活國，要我送上書信，還要去探望她，表達義兄想念之情。」

我知道，高昌王寫了二十四封信，這是最後一封。

「大汗也有信要給怛度，進城之後，怛度王一定會好好招呼我們的。」阿克多的話讓大家都興奮起來。

我坐在行李上，搖著搖著，前面的山巒，出現一座厚實的紅色城堡。

「活國，活國到了！」可汗的士兵喊著。

活國的地勢險要，城裡熱鬧。

我們進了城才知道，活國的王后過世了，怛度身患重病，官員交代我們：「大王請諸位好好休養幾天，等大王身體好了，他會親自送法師到天竺。」

玄奘法師是個閒不住的人，整天講經參拜佛寺，把我留在禪房裡。

想想，我真是了不起：從長安到活國，以後，還有可能到天竺。這個世上，有哪一盞油燈曾經翻過高山，穿越沙漠。

「不可能！」禪房外，傳來一個聲音。是阿克多，他正跟人說話：「怛度的王后剛過世，他就娶新王后？」

「大人，消息千真萬確。」阿克多問：「他哪一天才要接見玄奘法師？」

「最近可能都沒空。」那人和阿克多邊走邊說，我只聽到這幾句，倒是屋頂上的麻雀吱吱喳喳，比他們的話清楚多了。

麻雀一號說：「新王后年輕貌美。」

麻雀二號說：「王子常常跟著新王后四處走動，兩個人還騎馬去郊遊。」

麻雀三號說：「國王是好國王，灑過米粒給我吃，不像新王后，拿梳子丟我。」

梳子丟麻雀不可怕，後來發生的事比較可怕。

新王后和王子合作，兩人下毒害死了老國王。

「然後，他們就結婚了。」麻雀一號說。

「然後，他們真的結婚了。」麻雀二號也說。

麻雀三號想很久，問：「他們有結婚嗎？」

一號和二號點點頭，原來大王子聯合後母，害死父親，娶了後母。活國陷入動盪，效忠老國王的軍隊不承認新國王；新國王命令士兵攻陷城堡。玄奘法師嘆口氣，帶我們走出城門，他連頭都沒回。

「阿彌陀佛。」玄奘法師念著佛號，漸漸的，地勢高了，路邊出現一點積雪，然後一陣雪花飄，我們又進雪山了。

上次爬凌山，凍死好多人，這回……

山好像永遠爬不完，好多次，我以為爬到最高峰了，抬頭一望，後頭層層疊疊，不知道還有多少高山；山上風雪更大，道路幾乎都快認不出來，可汗的士兵說強盜們躲在背風處，遇上他們，叫天天不應，叫地地不靈，只能任憑他們殺人搶劫。

看士兵的樣子，應該是

想勸法師回去。

「唉！」玄奘法師繼續往前走。

「唉！」我繼續待在行李上，跟著往前走。

不久，吹來漫天風雪，無法騎馬了，都得下來拉著馬，一步一步向前摸索。

走到一半，阿克多忽然停住，前看看，後看看。

他搔搔頭，「好像……好像迷路了。」

四野無人，風雪正大，無可奈何，也只能找個山洞，先進去躲避風雪。

「總會有方法的。」玄奘法師說。

「師父，迷路了，還有什麼方法？」

我的火光照在玄奘法師的臉上，他笑著說：「遇到問題，總有方法解決：方法一，不去取經了；方法二，自己找到路下山；方法三，用滾的滾下山……」

玄奘法師說到這裡，突然傳來一句：

「方法四，我帶你們下山吧！」

山洞裡，原來還有別人，那是個當地的獵人，他被風雪困在山洞裡。

獵人把我們帶下山，走到一條寬闊的大河邊。

過了河，就到天竺。

過了河，可汗再也管不到了。

騎兵們和翻譯官阿克多都要回去碎葉城了。

「法師保重。」

「你們也是！」

玄奘法師朝著他們揮了揮手，之後帶著兩個徒弟和我，繼續向前走。

取經的路上，會遇到大大小小的挫折。
如果我們陷在消沉裡，毅力就會不斷削減。
只有再接再厲，毅力才會越來越高。
嘖！
怎麼妖怪永遠打不完？
眾小妖也要再接再厲！
現在，該輪到誰去抓取經人啊？
我！我！我！我！
嘿嘿……我們妖怪也是有毅力的啊！

雪山女神

我們順著恆河，搭船往下游走。搭船比走路輕鬆多了，這艘船載了七、八十人，兩岸是茂密的樹林，船快水急，風景也美，對油燈來說，這種搖晃，很舒服。

就在我快進入夢鄉的時候，船突然停下來。這裡不是碼頭，十多艘小船把我們團團圍住，一個紅髮首領，拿著刀比劃著，要我們的船跟著他們走。

他們很凶，船被迫來到荒無人煙的岸邊，全船的人都嚇得

心驚膽跳，還有不少人嚇哭了。

「值錢的東西全部拿出來，」紅髮首領下令，「大家都沒事。」

「行，都拿去吧！」玄奘法師沒有反抗。一個強盜把我從行李上摘掉。

「我是油燈！」我大

叫，他聽不到。

「好東西，好東西！」那人把我丟進一個袋子裡。

袋子裡有各種珠寶和首飾，擠得我快受不了。

一個老強盜把我挑出來，「這不值錢。」

我被丟到地上，滾到一邊，那群強盜仍不走，紅髮首領說他們是突伽天神的信徒，要找人來獻祭給天神。

「突伽天神？」有人問。

老強盜解釋：「突伽天神就是雪山女神，祂有十八隻手，每隻手裡都拿著兵器，有長矛、有毒蛇……」

「神都是勸人為善的，怎麼會保佑強盜？」我的疑問，也是不少人的疑問。

老強盜笑呵呵，「只要按時殺個人，獻給突伽天神，祂就會保佑我們。」

一個婆婆說：「上天會懲罰你們的。」

「殺人祭神，就能抵消我們的罪孽。」紅髮首領走進人群裡，「要找誰呢？」

老強盜抓著玄奘法師，「這個好。」

「白白胖胖，長相乾淨。」紅髮首領拍著手，「女神一定會喜歡，今天是你的幸運日，把你獻給雪山女神，我們的罪過就會被清洗了。」

怎麼辦？怎麼辦？

強盜清出空地，砍樹做成聖壇，將玄奘法師押上祭壇。

老強盜舉著刀，那一刀砍下去……

法師神色很平靜，老強盜愣了一下，「你……你怎麼都不害怕？」

「害怕也沒用，我可以念個經再走嗎？」

「只能一下子。」紅髮首領說。

「多一點也不行。」其他強盜們說。

玄奘法師盤腿坐下來，他又指了指我。

「這個？」老強盜把我撿起來問。

法師點點頭，將我點亮。

「你真的不害怕？」我問。

他沒回答，安詳的念起經來，彷彿一切都不存在。

我們走過缺水狂風的沙漠，經過九死一生的凌山，在高昌國法師絕食。

那些事都擋不住法師，而現在，有大刀、強盜、哭聲和叫喊，他不怕嗎？

「你真的不怕嗎？」我又問了一次，突然一陣狂風吹來，我頭頂的火，瞬間被吹滅了。

颶風颳起河邊沙，天地瞬間變暗，樹斷了，枝葉在風中朝人襲來，平靜的恆河湧起了滔天巨浪，強盜們的船，漂走的漂走，翻覆的翻覆了。

哐啷，老強盜嚇得刀掉到地上。

哐啷、哐啷、哐啷……更多的刀掉到地上，他們抓住悟道問：「他……他到底是誰？」

「師父，師父是大唐來的法師。」悟清毫無懼色。

「他是可汗的義弟，要來這裡求法啊……」悟道大概嚇傻了，把可汗和高昌王都弄混了。

「大唐來的和尚？」幾個強盜問。

「就是大家傳說的僧人？」老強盜也問。

紅髮首領先跪在地上，他不斷的磕頭，「我們錯了，我們錯了。」

其他強盜見狀，跟著磕起頭來，本來氣勢洶洶的賊人，現在竟不停祈求玄奘法師原諒。

玄奘法師坐在祭壇上，低垂著頭，動也不動，一個強盜以為他死了，戰戰兢兢的爬上去碰了玄奘法師一下。

玄奘法師緩緩抬起頭，「是時候到了嗎？」

強盜們喊著：「我們哪敢殺害師父，您非凡人，請接受我們的懺悔。」

玄奘法師點點頭，「殺人是不正當的，搶劫是不正當的，

你們祭祀的方法也不正當，你們的行為，將來是要受報應的，千萬不要用短暫的今生今世，種下來世無休無止的苦難。」

對強盜講經，他們肯聽？

我還沒冷笑完，紅髮首領竟把刀丟進恆河裡，「我們以前不分是非，今天起，我們再也不作惡了！」

「不作惡了，不作惡了！」其他人跟著扔掉刀，扶玄奘法師下來，還有幾個人搶著要法師幫他們剃度，說要跟著他。

「趕都趕不走。」悟清說。

「至少我變師兄了啊！」年紀小的悟道笑得好開心。

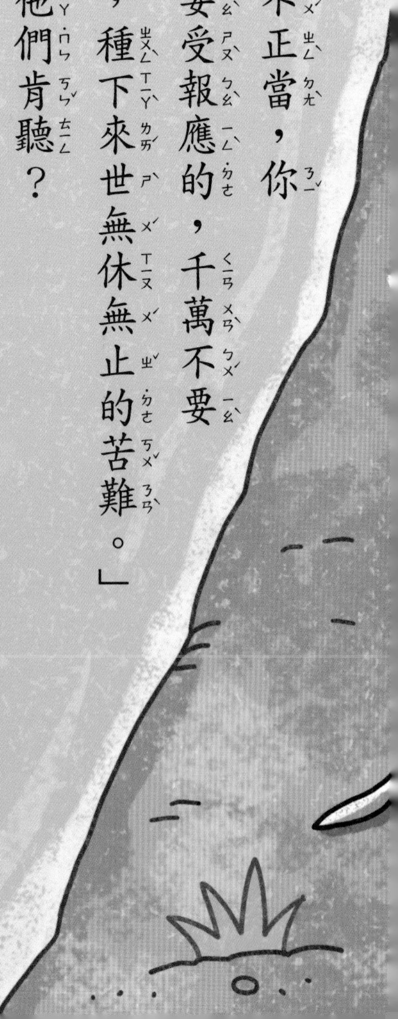

那爛陀寺

對油燈來說，玄奘法師趕路，是睡覺的好時光。可惜，今天沒空打瞌睡，我被那爛陀寺的鼓聲吵到睡不著。

離它還遠，接待的僧人帶著大象，伴著鼓聲來了。咚，咚，咚，像地震。

咚，咚，也像山崩。

幾百面鼓敲得咚咚響，接待的僧人客客氣氣請玄奘法師坐大象，我沾光，跟著上去。

「多年前，我在長安城許下了誓言，不到那爛陀寺，絕不東歸。」玄奘法師激動極了，「誓言終於實現，這是我西行的目的地……那爛陀。」

我也很激動啊！對一盞油燈

來說，還有什麼比這更光榮的呢？

雖然油燈不會哭，但想到這些年來的每一天……

咚咚咚咚，鼓聲越敲越急。

那爛陀寺真的到了，戒賢法師帶著弟子，排成望不見盡頭的人龍，齊聲念著阿彌陀佛。

戒賢法師年紀大，但精神奕奕。

經過的鳥告訴我：「這位法師，出身王族，德行高貴。」

經過的尖嘴麻雀也說：「這裡的芒果特別好吃，因為佛祖曾在這裡說法。」

「可惜，你是油燈不能吃芒果。」那隻尖嘴麻雀又說。

「要你管。」我氣得直冒煙，跟著玄奘法師進那爛陀寺。這是一間規模宏大的寺院，無數佛塔高聳入雲，外頭遍布精美的雕刻；裡頭有上萬的僧人，他們在這裡學習佛法，那爛陀每日開設一百多個講壇，所有的僧人都兢兢業業，不敢浪費一寸光陰。

戒賢法師用最隆重的儀式，收玄奘法師為徒，為他講解深奧的佛法，這一講就是十五個月。

玄奘法師有兩個僕人伺候，旅行可以乘坐大象。

可惜，我很少搭。

誰會常常邀請一盞油燈乘坐大象？

玄奘法師白天出門，也不會帶燈，我大部分的時候，就孤孤單單的坐在桌旁，等著夜晚到來。

夜晚，玄奘法師點起我來，我這才照亮這間房。

油燈不會數日子，但我知道，陽光出來又消失，一天過去了。禪房前的菩提樹落葉時，一年過去了。

一天又一天。一年又一年。

或許，我們就要永遠留在那爛陀，我會在這裡好好當一盞燈。那也不錯。

不用走沙漠，不用爬雪山，不用面對強盜。

那個晚上，我才想到這兒，玄奘法師突然驚醒了。

月光亮亮的，法師額頭全是汗，他驚恐的望著我，「怎麼會，怎麼會這樣……」

「什麼事怎麼樣？」我用火光，明明滅滅的問。

法師聽不見我的話，他自己說：「五百年，五百年後這裡什麼都沒有了，院子裡長滿雜草，廟裡沒有半個僧侶，那爛陀外火光沖天，村莊化為灰燼。」

「惡夢，你只是做了惡夢。」我用最柔和的火光安慰他。

玄奘法師卻說：「菩薩在夢裡要我回去，把在這裡學到的帶回大唐！」

我們來的時候，沙漠雪山阻擋，想回去的時候，兩個國王也不讓我們走。

先是東天竺國的國王寫信來，「快把大唐的僧人送來，否則我將親自領軍，踏平那爛陀寺。」東天竺國王軍隊多，那爛陀寺擋不住。

然後，戒日王也派人來了。

戒日王，十七歲登基，帶軍統一天竺大部分的地方。

尖嘴麻雀說：「戒日王主持國政，三十年來國家沒戰爭，城市和鄉村，處處建了糧倉，別說窮人沒餓到肚子，連麻雀都有穀子吃。」

「這座那爛陀寺，若沒有戒日王的施捨，和尚們早就散去了。」尖嘴麻雀說完問我，地上的小蟲吃不吃，不吃牠要吃。

「請！」我沒好氣的說，問油燈吃不吃小蟲，真沒禮貌。

尖嘴麻雀說：「後來，這兩個國家快打起來了。」

我問：「誰贏了呢？」

「戒日王比較厲害，讓東天竺王知難而退。」

後來的故事我就知道了。油燈沒別的本事，待在禪房裡久了，耳朵長。

戒日王來了，成千上萬的士兵，舉著成千上萬的火把，火光把那爛陀照成白天，數百面銅鼓敲得我耳朵疼。出動這樣的儀隊，就為了請玄奘法師去王宮。

法師沒忘了我，我坐在他的行李架，再次跟他一起坐在大象上，搖搖晃晃進宮。越接近王宮，人越多，人們七嘴八舌的聲音，不斷傳進我耳裡。

……十八個國王赴會來看玄奘法師。

……數千名僧人與會要和玄奘法師辯經比高低。

……研究佛法的居士也很多，他們也想挑戰玄奘法師。

越接近戒日王的都城，牛車、馬車大打結，幸好，士兵幫我們開了一條大道，好讓玄奘法師可以進去。

儀式很莊嚴，群眾很熱情。玄奘法師登上寶座講經，他每次講完，就由公主抄下來，貼在會場的門口。

我為什麼知道，尖嘴麻雀來了啊！我坐在法師的屋子裡，尖嘴麻雀就在院子裡啄啄啄，啄著啄著就跳進屋子裡，在日光下，歪著頭，看著我。

「你為什麼跟蹤我？」我說。

「我是跟著這麼多人的隊伍走。」尖嘴麻雀說。

「你不怕被人抓走？」

「這裡的人都信佛，不會抓麻雀。」尖嘴麻雀突然想到：

「聽說辯經辯輸了，是要抓起來砍頭的。」

「砍頭？」我又不懂了。

「法師所講的經文被抄下來，貼在會場外頭，任何人看了都能挑戰他，如果有人能夠改掉其中任何一個字，或是反駁他，法師願意砍頭謝罪。」

慘了，慘了，慘了。我實在越想越害怕，但玄奘法師晚上回來了，還是安詳的打坐、念經。

「沒人挑戰你嗎？」

「你把挑戰者全都打敗了嗎？」我問，他不答。

屋子裡，火光小，玄奘法師的影子顯得高大。

整整十八天，尖嘴麻雀跟我說，沒人敢挑戰他。

「他們都很信服你們的法師。」尖嘴麻雀還說：「今天是最後一天，好多人都當場皈依，說他是真正的大師。」

喂，還有我！

回去了，要回去了，我們要回大唐了。

玄奘法師打包行李，來天竺十幾年，要帶回去的東西好多，千辛萬苦收集來的佛經、佛像，還有奇花異果的種子……

聽說法師要回去了，大家都來留他。「當然不行！」我是油燈，我也不答應。

沒人聽得到油燈的抗議，他們絡繹不絕的來，戒日王的特使、那爛陀寺的高僧，還有各地來的大德、信徒。

「我來時立誓，要將求來的佛法帶回大唐。」玄奘法師很客氣，態度很堅決。

等著，等著，等到了夏天，一個特別涼爽的清晨，屋外人聲吵雜，馬匹嘶鳴，法師把最後一本佛經裝好，把我掛上他的行李架上。真的要回去了。

我在玄奘法師的背上，出了那爛陀寺，早上的陽光照在身上，好舒服啊！

終於又感受到陽光、涼風，大樹和山影，我覺得我又活過來了，待在寺裡那麼久，再不走，自己都快在那爛陀爛成……一盞油燈。

馬隊長長的，馱著大包小包的行李，慢慢的往前走。

來的時候，路有多長，回去的時候，路一樣那麼長。

但是，好像快了一些。

即使我們過河的時候，遇到大風，河浪差點掀翻我們搭的船，一個僕人落了水，人救回來，一大袋的經書散成飛頁，一頁頁在河水中飄蕩。即使我們還得再爬一次雪山，要走七天才到山頂，再走七天才能下山，山上連鳥都沒有。

迷路失溫、狂風暴雪，該有的折磨一樣也不少。

但高山永遠走不完，兩座高山間是條七百多里的谷地，遍地碎石，草木稀少，沒人居住。

我們還是步履匆匆，走到了山口，玄奘法師一直牢記著，「我和義兄有約。」他的義兄就是高昌王。

十七年前，高昌王助他西天取經，給他馬匹、給他人員、還給他錢財，甚至幫他寫了二十四封信。

他也答應高昌王，回來之後，在高昌講經三年。

我們在路上，不斷向人詢問高昌國的近況。

「不知道。」

「不清楚。」

「沒聽過。」商販甚至問：「什麼高昌王？」

「我看你就死心了，別找了吧！」

我不只一次勸玄奘法師。

玄奘法師卻在一個沙丘，拉住一個年老的商人，問到答案：「高昌王去世了，他想跟突厥人夾擊大唐，沒想到大唐騎兵越過沙漠，國王驚懼而死，高昌國不戰而降！」

「國王去世了？」

玄奘法師激動的跳下馬。

咚，行李跟著掉到了沙丘；喀，我和行李分了家，落在沙地裡轉啊轉。

天旋地轉，地轉乾坤。

好久之後，我終於聽到有誰在喊……

「走南道，不去高昌。」

馬匹嘶鳴，眾人喧譁，有個聲音高喊：「玄奘法師的行李。」

咚咚咚，好像有人跑下來。

「還有我！」

我大叫時，風大了起來，風裡夾著沙。

「快走了，快走了，沙漠風暴要來了……」人聲、馬聲、風聲越來越遠。

「喂，還有我！」我的聲音本來就沒人聽得見，何況黃沙越吹越高，漸漸把我埋住……

要運動啊！爬山、跑步最是枯燥乏味的，但也最能夠訓練心志。
健走也是一種運動，會徹底改變一個人的體質。
師父說得真好……
既然運動好處多，那麼您要不要下來走走？
您不是說走路有益身心，而且能培養毅力嗎？
喂——

後記：他記得我！

光影急促閃動，光影解讀機判讀後，電腦上出現一行字，「玄奘法師回到大唐了嗎？」

「回去了，」小董望著油燈說：「他回到長安，翻譯佛經，口述取經過程，由弟子辯機抄下來，寫成《大唐西域記》。」火光明滅不定，螢幕出現，「他……他有提到我嗎？」

「一盞油燈？」小董問。

油燈火光大盛，火苗搖搖擺擺，「他有沒有想到我？」「好像……好像……」火光爆熾，映得一室紅光，螢幕上立刻出現，「他沒提到我？我陪他闖大漠，翻雪山，在天竺十幾年，他竟然沒想到我？」

小董突然想到，她立刻在手機裡搜尋，很快找到一張圖，那是玄奘法師的畫像：背著行李，上頭有盞油燈。油燈長明的火光突然定住，久久不動，就像個老僧，望畫入定。

「你……你還有什麼事要說嗎？」小董問。

光影解讀機的指針動也不動，電腦螢幕上只有短短的一行字，「他沒忘記我！」

古話今說

古人這麼說：

我先發願，若不至天竺，終不東歸一步，今何故來？寧可就西而死，豈歸東而生！

現代的意思是：

我曾經發過誓願，如果沒到達西方的天竺國取得佛教的原典，絕對不向東邊回頭一步。

我寧可搏命往西繼續前行，也不願為了保住性命而往長安所在的東邊回頭，半途而廢。

古人這麼說：

又西北行三百里，渡一磧，至凌山，即蔥嶺北隅也。其山險峭，峻極於天。自開闢以來，冰雪所聚，積而為凌，春夏不解，凝沍汙漫，與雲連屬，仰之皚然，莫睹其際。

現代的意思是：

再往西北方走三百里，渡過一座沙礫堆後，就到了凌山。

這裡的山勢十分險峻陡峭，直上雲霄，且冰雪聚集成了冰峰，全年不化，積雪廣大連綿，與雲連為一線。抬頭仰視，只見一片白雪皚皚，無邊無際。

繪童話

跟著歷史名人去遊歷：不放棄法師玄奘西遊記

作者：王文華　繪者：久久童畫工作室

總編輯：鄭如瑤｜責任編輯：鄭晴｜美術編輯：黃淑雅

封面設計：點點設計｜行銷副理：塗幸儀｜行銷企畫：林怡伶、許博雅

出版：小熊出版／遠足文化事業股份有限公司

發行：遠足文化事業股份有限公司（讀書共和國出版集團）

地址：231 新北市新店區民權路 108-3 號 6 樓｜電話：02-22181417 ｜傳真：02-86672166

劃撥帳號：19504465 ｜戶名：遠足文化事業股份有限公司

Facebook：小熊出版｜ E-mail：littlebear@bookrep.com.tw

讀書共和國出版集團網路書店：www.bookrep.com.tw

客服專線：0800-221029 ｜客服信箱：service@bookrep.com.tw

團體訂購請洽業務部：02-22181417 分機 1124

法律顧問：華洋法律事務所／蘇文生律師

印製：凱林彩印股份有限公司｜初版一刷：2024 年 2 月｜定價：350 元

ISBN：978-626-7361-91-7（紙本書）、978-626-7361-87-0（EPUB）、978-626-7361-86-3（PDF）

書號：0BIF0045

國家圖書館出版品預行編目 (CIP) 資料

跟著歷史名人去遊歷：不放棄法師玄奘西遊記 / 王文華作；久久童畫工作室繪 . -- 初版 . -- 新北市：小熊出版：遠足文化事業股份有限公司發行，2024.02
144 面；21×14.8 公分 . --（繪童話）國語注音
ISBN 978-626-7361-91-7（平裝）

863.596　　112021493

小熊出版官方網頁

小熊出版讀者回函